AF746242

www.ingramcontent.com/pod-product-compliance
Lightning Source LLC
LaVergne TN
LVHW051010051026
849532LV00005B/1891
9789358725728

پانی کی گڑیا

(افسانے)

میمونہ احمد

© Maimoona Ahmad

Paani ki Gudiya (Short Stories)
by: Maimoona Ahmad
Edition: April '2024
Publisher :
Taemeer Publications LLC (Michigan, USA / Hyderabad, India)

ISBN 978-93-5872-572-8
9 789358 725728

مصنفہ یا ناشر کی پیشگی اجازت کے بغیر اس کتاب کا کوئی بھی حصہ کسی بھی شکل میں بشمول ویب سائٹ پر اَپ لوڈنگ کے لیے استعمال نہ کیا جائے۔ نیز اس کتاب پر کسی بھی قسم کے تنازع کو نمٹانے کا اختیار صرف حیدر آباد (تلنگانہ) کی عدلیہ کو ہو گا۔

© میمونہ احمد

کتاب	:	**پانی کی گڑیا** (افسانے)
مصنفہ	:	**میمونہ احمد**
پروف ریڈنگ / تدوین	:	اعجاز عبید
صنف	:	فکشن
ناشر	:	تعمیر پبلی کیشنز (حیدر آباد، انڈیا)
سالِ اشاعت	:	۲۰۲۴ء
صفحات	:	۳۶
سرورق ڈیزائن	:	تعمیر ویب ڈیزائن

فہرست

تیرے شہر کی رونق ہائے کیا کہیے !!!

مدنی پارک میں صبح صبح خوب چہل پہل ہوتی ہے، اور پھر یہ سردیوں کے دن ہیں تو بزرگ اور نوجوان خوب بھاگ رہے ہوتے ہیں جن میں بزرگ نوجوانوں سے بازی لے جاتے ہیں، مدنی پارک میں اساتذہ کی تعداد بھی کافی ہوتی ہے اور ان بزرگوں کی جو سرکاری ملازمت کی مدت پوری کر چکے ہوتے ہیں تو یوں کہہ سکتے ہیں کہ مدنی پارک ان کا وہ ٹھکانہ ہیں جہاں وہ اپنے ماضی کو یاد کرتے ہیں اور دوسروں کے ماضی کی سنتے ہیں،

سلیمان اور اس کے والد خلیل احمد دونوں اس پارک میں روز آتے ہیں اور دونوں باپ بیٹا اکھٹے بھاگتے ہیں لیکن ہمیشہ سلیمان کے والد خلیل احمد اس سے بازی لے جاتے ہیں۔(یہ پھر سلیمان جان بوجھ کر ہار جاتا ہے) دیکھا بیٹا سیلمان ہم بزرگوں میں آج بھی کتنا دم ہے،.جی ابو، اب ہم لوگوں میں واقعی اتنا دم نہیں کہ تھوڑی دور بھاگ سکیں۔ خلیل احمد اپنے بیٹے کو دیکھتا ہے اور کہتا ہے بیٹا اپنی صحت کا خیال رکھا کرو، ہمیشہ میری فکر میں ہی رہتے ہو۔۔۔ ابو جی اب چھوڑیے ایک اور چکر پورا کرنا ہے ابھی اس پارک کا اور وہ دیکھے آپ کا سورج بھی نکل رہا جلدی کریں آفس والوں نے مجھے آج تو نکال دینا ہے،

ٹھیک ہے بیٹا!

سلیمان ایک چکر پورا کرنے کے بعد اپنے آفس کو چل پڑا جبکہ خلیل احمد پارک میں ہی رہا اس کا شاپر شاکر کیفے پر رکھا تھا جس کو وہ اُٹھانے چل دیا، ابھی پارک میں رونق کم

تھی چند ہی لوگ تھے لیکن اب آہستہ آہستہ آتے جا رہے تھے، شاکر شاکر؟ یار وہ میرا شاپر تو دے دو۔۔۔! یہ رہی آپ کی امانت لے لیجیے، شکریہ بیٹا جیتے رہو اللہ خوب ترقی دے جگ جگ جیو۔ شاکر نے کوئی الفاظ تو نہیں کہے لیکن اس کی آنکھیں خلیل احمد کا شکریہ ادا کر رہی تھی، جنھیں خلیل احمد نے بخوبی پڑھ لیا، شاکر بیٹا تیری آنکھیں بولنے لگی ہے،

انکل جی آنکھیں تو بولتی ہی ہیں پڑھنے والوں کی کمی ہے آپ کے شہر میں!

بیٹا لگتا ہے تجھ پر ہم بزرگوں کا اثر ہو گیا ہے، ہاں انکل شائد میں خود بوڑھا ہو گیا ہوں!

اچھا بیٹا میں ذرا ان پرندوں کو باجرہ ڈال آؤں، مدنی پارک میں تقریباً تمام بزرگوں کا یہ معمول ہے کہ وہ پرندوں کو اور کتوں کی خوراک ضرور لے کر آتے ہیں (یہ بھی شائد ایک مصروفیت ہی ہے) خلیل احمد اپنی مخصوص جگہ پر پہنچ چکے تھے، کوے چڑیا فاختہ سب خلیل احمد کو دیکھ کر بینچ کے پاس آ گئے تھے، خلیل احمد کافی دیر تک دانہ ڈالتے رہے اور پرندے کھاتے رہے، جب خلیل احمد کا شاپر خالی ہو گیا تو وہ اس بینچ پر بیٹھ گئے اور ان پرندوں کو دیکھتے رہے اور ایک اطمینان ان کے چہرے پر پھیل گیا۔۔۔ خلیل احمد کے دوست احباب سب آنے لگے تھے اور دروازے سے ہی خلیل خلیل پکارتے، خلیل احمد نے کھڑے ہو کر انھیں بتایا کے اس طرف آ جاؤ۔ حاکم علی خلیل احمد کا بہت پرانا دوست ہے دونوں نے اکٹھے ایک سکول سے میٹرک کیا، اور سرکاری ملازمت جیسے ہی ختم ہوئی انھوں نے اپنے ڈیرے اس مدنی پارک میں ڈال لیے، ہاں بھی حاکم علی تو نے آج دیر کر دی، ہاں یار میرا کتا بیمار ہو گیا تھا اس کے لیے دوائی لایا اس کو دی پھر تیرے پاس آ گیا۔ اوہ خیر تے ہے مجھے لگتا ہے سردی لگ گئی ہے اس کو، ہاں یار خلیل مجھے بھی یہی لگتا ہے اللہ

میرے کتے پر مہربانی کرے گا جلدی ٹھیک ہو جائے گا، حاکم علی نے رونی صورت بنا کر کہا، یار حاکم تو آج بھی چھوٹی باتوں کے لیے پریشان ہو جاتا ہے، یار خلیل میں چھوٹی باتوں کو ہی تو زندگی سمجھتا ہوں، اب اس کتے کو میں نے پال پوس کر بڑا کیا ہے اپنی اولاد کی طرح اس کی دیکھ بھال کی ہے، اب اولاد تو نصیب میں نہیں تھی تو سوچا کہ میں اس کتے کو پال لیتا ہوں، آج جب میں اکیلے آ رہا تھا تو میں نے اپنے کتے کی کمی کو بہت محسوس کیا۔۔۔ اللہ نا کرئے کے اسے کچھ ہو جائے۔۔۔

چل فکر نہ کر تیرا کتا جلدی ٹھیک ہو جاگے گا۔۔!

تو اپنی سنا تیرا بیٹا نہیں آیا آج؟ آیا تھا یار مجھے چھوڑ کے پھر ہی تو آفس گیا ہے۔ ہاں یار میں بھول گیا، پریشانی میں یاد ہی نہیں رہا۔ اللہ زندگی لمبی کرئے تیرے پتر کی بڑا نصیبوں والا ہے تو نے اس کی پرورش بھی تو خوب کی ہے۔۔ یار پرورش تو والدین کرتے ہی ہیں اب یہ اولاد کی سوچ ہوتی ہے کہ وہ نیکی اختیار کرے یا بدی۔۔ درست کہتا ہے تو۔

چل کیفے پے چلتے ہیں چائے لیتے ہیں۔ ہاں یار چل!

مدنی پارک کی رونق عروج پر پہنچ گئی تھی خلیل احمد اور حاکم علی دونوں اپنے اپنے گھروں کو جا چکے تھے۔ شاکر اپنے کیفے پر مصروف تھا۔۔ سلیمان شام کو روز کی طرح ٦ بجے گھر آتا تھا آج بھی آ گیا۔ وہ اور اس کے ابو دو ہی مکین تھے اس سلیمان منزل کے، کیونکہ سلیمان کی امی کافی عرصہ پہلے وفات پا چکی تھی اس لیے یہ دونوں ہی ایک دوسرے کے لیے تھے۔ دوپہر کو خلیل احمد کھانا بناتے تھے۔ شام کو اور صبح کو سلیمان خود بناتا تھا۔ بس تم ٹھیک ٹھاک ہی بناتے ہو کھانا سلیمان۔ میرے ہاتھ میں جو ذائقہ ہے وہ تمھارے پاس کہاں خلیل احمد نے اونچی آواز میں کہا جو کہ سلیمان نے بہت آسانی سے سن لی تھی۔ ابو جی میں بھی تو اچھا کھانا بنا لیتا ہوں آپ سے تو میں بھی اچھا بناتا ہوں۔ ارے یار تجھے کیا پتا

ذائقہ کہتے کس کو ہے، کبھی ذرا باجرے کی روٹی کھانا تم اور ساتھ میں میرا بنایا ہوا ساگ واہ مزا آجائے گا تجھے، چلیں تو پھر کسی دن آپ بنالینا پھر مل کر کھائیں گے، حاکم انکل کو بھی بلا لیجیے گا، ارے حاکم کیا یاد کرا دیا تم نے یار مجھے اس کے پاس لے چلو بڑا پریشان تھا آج وہ، ہاں ہاں کیوں نہیں ویسے خیریت ہے؟

ہاں بیٹا خیریت ہے! بس حاکم علی کا کتا بیمار تھا چلو دیکھ آتا ہوں وہ کیسا ہے۔ ٹھیک ہے ابو جی چلیں۔ دونوں پیدل ہی چلتے ہیں کیونکہ ایک دو گلی چھوڑ کے ہی تو حاکم علی کا گھر آ جاتا ہے۔ حاکم علی اوئے حاکم علی کدھر ہے تو؟

سامنے برآمدے میں ہی وہ افسردہ سا نظر آ جاتا ہے۔

کیا ہوا ہے حاکم علی تیرا کتا کدھر ہے اب اس کی طبیعت کیسی ہے، حاکم علی کی آنکھوں میں آنسو تھے، یار ہمارے بڑے کہتے تھے کتے بڑے وفادار ہوتے ہیں لیکن یہ کیا یار میرا کتا تو بڑا بے وفا نکلا!!!!

مجھے چھوڑ گیا وہ دیکھ کیسے زندگی کے بغیر پڑا ہے۔

***

دنیا ایک گورکھ دھندہ ہے

صبح سویرے کرم دین کی سائیکل کی گھنٹی بج رہی تھی بس پورا ریلوے اسٹیشن اس کی سائیکل کی گھنٹی سے گونج اٹھا، آہستہ آہستہ سب آتے جا رہے تھے۔ ارے آج بابا شہنشاہ نہیں آیا کرم دین نے آتے ہوئے فضلو سے پوچھا، فضلو جو کے گاؤں کے تمام لوگوں کے لیے ڈاکیہ کی سی حیثیت رکھتا ہے، وہ ابھی بابا شہنشاہ کے بارے میں بتانے ہی لگا تھا کے دور سے بابا شہنشاہ آتا ہوا دکھائی دیا۔ اس کی آواز تمام لوگ با آسانی سن رہے تھے، جو اپنی دھن میں ریل کی پٹڑی پر چل رہا، ہمیشہ کی طرح نہ اس کے پاؤں میں جوتے تھے شدید سردی کے باعث بھی اس کے کپڑے ویسے ہی پیوند زدہ تھے۔

واہ بابا تو ہے شہنشاہ۔۔۔

کرم دین نے بابا شہنشاہ کو برملا کہا۔

بابا شہنشاہ نے کرم دین کی طرف دیکھتے ہوئے کہا پتر مجھے معلوم تھا تم سارے جو ریلوے کے لوگ ہو نا میرے راہ تکتے رہتے ہو۔ بابا شہنشاہ تجھے کوئی غلط فہمی ہو گئی ہے ہم لوگ تو اپنی روٹی ٹکڑے کے چکر میں رہتے ہیں۔ ویسے بابا شہنشاہ آج تجھے کسی نے ناشتہ کرایا کے نہیں ؟ اوئے کرم دینا ایک تو ہی تو اچھا انسان نہیں ہے دنیا میں تیرے جیسے بڑے پڑے ہیں وہ، اپنا فضلو مجھے ناشتہ کرا کے ہی آیا تھا۔ اچھا چل اب تو جا اپنا کام کر جا کے مسافروں کی گاڑی آتی ہی ہو گی جا پھاٹک کھول، اچھا بابا تو بھی اپنا راگ شروع کر میں تیری آواز سنتا رہوں گا، ٹھیک ہے پتر، بابا نے اپنے پرانے لفظ پھر دہرائے۔۔۔

دنیا میں آئے ہو دنیا سے جاوگے

دنیا کے رنگ ہے پھیکے۔۔۔

دنیا ایک گورکھ دھندہ ہے ایک گورکھ دھندہ ہے گورکھ دھندہ ہے۔

یہ بابا کیا گہرا گاتا ہے پتہ نہیں اس کے تھیلے میں کیا ہے کل میں بابا سے ضرور پوچھوں گا۔ ریلوے اسٹیشن کے سارے لوگ بابا شہنشاہ کو اچھے طریقے سے جانتے تھے اور بابا شہنشاہ کے ساتھ گہری وابستگی رکھتے تھے اور کیوں بھی نہ رکھتے بابا شہنشاہ ان کے سارے دن کے حال احوال کو سنتے تھے، آج کے دور میں جب لوگ صرف اپنی سناتے ہیں کوئی سننے والا مل جائے تو بڑی تسکین ہوتی ہے۔ کسی کا بیوی کے ساتھ جھگڑا ہے تو کوئی اپنے والد سے ناراض ہے کہیں زمین کا مسئلہ ہے تو کہیں نوکری کا مسئلہ ہے، بابا شہنشاہ کو سارا علم ہوتا تھا، اوئے اختر کدھر بھاگا جارہا ہے نوکری مل گئی تجھے، ارے شہنشاہ بابا ابھی تو جارہا ہوں یہ والی ریل جارہی ہے ناحیدرآباد تو آج تو مجھے پکا یقین ہے کہ اللہ پاک میری ضرور سننے گا، ہاں ہاں پتر جاتو (اللہ تمھاری ساری مرادیں پوری کرئے آمین) اللہ کے حوالے۔ بابا شہنشاہ اس ریلوے اسٹیشن کے قریب ایک نیم کا پیڑ جو کے بڑا سایادار تھا کے نیچے بیٹھ جاتا تھا آج بھی وہ اس کے نیچے ہی بیٹھا تھا اس کا ذہن بہت پریشان تھا کچھ سمجھ نہیں آرہا تھا کے وہ کیوں پریشان ہے۔ آج بھی مسافر بیٹھے تھے ہمیشہ کی طرح بہت سارا سامان لیے بیٹھے ہیں۔ پتہ نہیں اس دنیا کے لیے بھی کبھی یہ لوگ اتنا سامان اکھٹا کریں گے، جب بھی وہ لوگوں کو اسطرح دیکھتا تو سوچتا کہ میں اپنے رب کے ہاں جاؤں گا کیا میرے پاس ایسا سامان ہو گا کے نہیں، اللہ کرے ضرور ہو تا کہ میرا رب کہے شہنشاہ کو معافی مل گئی ہے، اسے معاف کر دیا گیا ہے۔ (واہ کیا خوب دن ہو گا)

بابا شہنشاہ کو اس گاوں جس کا نام شاہ گڑھ تھا آئے ہوئے پورے ۲ سال ہو گئے تھے

اور وہ ان دو سالوں میں تقریباً تمام لوگوں کو جان گیا، اس کی عادت بھی ایسی ہی تھی جو اس کے پاس بیٹھ جاتا پھر وہ بہت مطمئن ہو جایا کرتا تھا۔ شاہ گڑھ کا ریلوے اسٹیشن بہت خوشحال تھا تمام لوگ گلے شکوے سے عاری تھے، لیکن دنیا میں مصروفیت بھی بلا کی تھی ان کی، بابا شہنشاہ ان سب کا مرکز تھا، خواتین بچیاں اور چھوٹے بچے بھی ان سے بلا جھجک ملتے تھے۔ شام ہو گئی تھی بابا شہنشاہ تمام پرندوں کو اپنے گھر جاتا دیکھ رہا تھا، خود بھی کھڑا ہو گیا دنیا ایک گورکھ دھندہ ہے کہتے ہوئے پھر اپنی ریل کی پٹڑی پر چل پڑا۔ (ہمیشہ کی طرح ننگے پاؤں)

شاہ گڑھ میں کوئی بھی نہیں جانتا تھا کے ان کا گھر کدھر ہے کہاں سے آتا ہے کہاں چلا جاتا ہے بس لوگوں کی سنتا ہے اور چلا جاتا ہے۔۔

اگلے دن پھر وہی روز مرہ کی طرح کرم دین اپنی سائیکل کی گھنٹی بجاتا پہنچ گیا۔ آج وہ بہت دیر سے آیا تھا اس کی گھر والی بیماری تھی اس کو سرکاری ہسپتال سے دوائی دلواتے دلواتے دیر ہو گئی تھی، اوئے چچا حسن آپ آ گئے شہر سے، ہاں پتر بس آ گیا میں دل نہیں لگا میرا وہاں کرم دین شہر شہر ہی ہے، بڑی رونق ہے ادھر لوگ بڑا کام کرتے ہیں وہاں بس انسانیت نہیں نظر آئی مجھے وہاں لوگ بس لوگ ہی ہیں اسی لیے آ گیا میں۔ اپنا گھر تے اپنا گاؤں اپنا ہوتا ہے، کرم دین بولا چاچا تو صحیح کہتا ہے اچھا چاچا میں ذرا پھاٹک کھول دو؛ آپ بابا شہنشاہ سے ملتے جانا وہ بھی آپ کا انتظار کر رہے ہوں گے، ہاں کرم دین مجھے وہ نظر ہی نہیں آ رہا میں اس کو ہی ڈھونڈ رہا ہوں۔

چاچا وہ نیم کے نیچے بیٹھا ہو گا آپ اس طرف چلے جائے، اچھا بیٹا بڑی مہربانی میں جاتا ہوں بڑے دن ہو گئے شہنشاہ کی دل گزار باتیں سنتے ہوئے۔ حسن جو کے گاؤں کا ایک باوقار انسان تھا اور کافی امیر گھرانے سے اس کا تعلق تھا لیکن اس کا رویہ ہر ایک کے

ساتھ برابری کا تھا اس لیے کیونکہ وہ اپنے لوگوں کے درمیان رہتا تھا۔ پتہ نہیں کہاں ہے شہنشاہ نظر ہی نہیں آرہا۔ ہمیشہ تو ادھر ہوتا ہے، آج کیا ہوا ہو گا، اس کی آواز بھی سنائی نہیں دے رہی اللہ خیر کرے۔۔

آج وہ نیم کے نیچے بھی نہیں تھا۔

چچا حسن نے ایک جاتے ہوئے مسافر سے پوچھا یار یہ یہاں پر ایک بابا بیٹھا ہوتا تھا کہیں دیکھا آپ نے اسے۔ مسافر تھوڑی دیر سوچنے کے بعد بولا صبح تک تو یہیں تھا اب کا نہیں پتہ، چچا حسن نے کرم دین کو بتایا کہ شہنشاہ نہیں ہے آج یہاں۔ کرم دین بہت حیرت کے ساتھ دیکھتے ہوئے پورے ۲ سال میں تو کبھی ایسا نہیں ہوا تو آج کوئی ضرور بات ہوئی ہو گی جس کی وجہ سے شہنشاہ نہیں آیا۔

چچا حسن کچھ سوچنے کے بعد بولے ضرور فضلو کا پتہ ہو گا کے کہاں ہے شہنشاہ۔ دونو ں فضلو کے گھر کی طرف چل پڑے ابھی ایک ہی گلی مڑے تھے کے فضلو آتے ہوئے دکھائی دیا۔ ارے ہاں بھی فضلو بابا شہنشاہ کو دیکھا کیا۔ کیوں کیا ہوا ہے سب خیر ہے نا چچا حسن آپ تو شہر گئے ہوئے تھے نہ کب آئے، اوئے بھائی آج ہی آیا ہوں اور شہنشاہ سے ملنے گیا تھا لیکن وہ کہیں نہیں ملا کیا تم نے دیکھا ہے انہیں کہیں ؟ نہیں میں نے نہیں دیکھا میں بھی چلتا ہوں آپ کے ساتھ، ٹھیک ہے چلو اب تینوں چل پڑے راستے میں ان کا پو چھتے پوچھتے گاوں سے بہت دور آگئے تھے دور ایک ٹیلے پر ایک کچے گھر پر ایک پردہ لٹکتا ہو ا نظر آیا وہیں کسی نے بتایا کہ یہی بابا شہنشاہ کا گھر ہے۔

وہ تینوں گھر میں داخل ہوئے تو دیکھا کہ بابا شہنشاہ اپنی چارپائی پر لیٹا ہوا تھا اس کی سانس آہستہ آہستہ چل رہی تھی آج اس کا تھیلا بھی لاوارثوں کی طرح پڑا تھا۔ کیا ہوا بابا شہنشاہ تینوں نے بابا شہنشاہ کو جھکتے ہوئے پوچھا، فضلو جلدی سے پانی لے کر آیا اور بابا

شہنشاہ کے منہ میں ڈالا۔ بابا شہنشاہ نے آہستہ سے اپنی آنکھیں کھولی اور مشکور آنکھوں سے ان تینوں کو دیکھا۔ بابا آج تیرا گھر تو ہم لوگوں نے دیکھ لیا۔

ہاں پتر۔ شہنشاہ کی سانس بہت آہستہ سے ختم ہو رہی تھی بابا شہنشاہ کا سر کرم دین کے ہاتھوں میں تھا اور ہاتھ چچا حسن کے ہاتھ میں اور مٹی کا آب خورا فضلو کے ہاتھ میں تھا۔ ان کی دنیا جسے وہ گورکھ دھندہ کہتے تھے اب ختم ہو چکی ہے یہ ان کا گھر تھا ماٹی کا جس میں صرف ایک چارپائی تھی اور ماٹی کے برتن تھے دنیا جیسا کچھ نہیں تھا پر پھر بھی دنیا میں ہی تھا وہ گھر بڑی پیاری خوشبو تھی اس گھر کی۔ بابا شہنشاہ کو اس ہی ماٹی کے ٹیلے پر دفنایا گیا۔ اور کتبے پر درج کرایا گیا

دنیا ایک گورکھ دھندہ ہے۔ لیکن شاہ گڑھ میں ان کے الفاظ گھومتے رہتے ہیں اب وہاں کے لوگ دنیا کے لیے سامان نہیں کرتے۔ ایک سوال کا جواب کرم دین کو بھی مل گیا تھا کہ

بابا کے تھیلے میں روٹی اور آٹا نہیں تھا بہت سارے پتھر تھے وہ کہا کرتا تھا جب مجھ سے کوئی نیکی کرتا ہے تو ایک پتھر ڈال لیتا ہوں تاکہ ان سب کی نیکیاں اللہ کے سامنے لے جاؤں میرے ساتھ اور بھی بخشے جائیں گے۔ اس بات کو کرم دین نے ایک مرتبہ مذاق میں اڑا دیا تھا لیکن آج شہنشاہ کے بعد اس کے تھیلا دیکھ کر احساس ہوا۔ کہ دنیا میں چاہے برائی کتنی عام کیوں نہ ہو جائے نیکی اپنا راستہ نکال لیتی ہے۔۔۔۔

اوئے بابا

تو واقعی شہنشاہ نکلا!!!!!

دنیا کے شہنشاہ تو پتہ نہیں کیسے ہوں لیکن ہمارا شہنشاہ ایسا ہی تھا۔ آج شاہ گڑھ میں ویسی رونق تو نہیں ہے لیکن شہنشاہ کے الفاظ آج بھی گونجتے ہیں اور وہ پٹڑی ان قدموں

کی کمی ضرور محسوس کرتی ہے نیم کا سایا ویسا ہی لیکن وہ شہنشاہ جو اس نیم کے گن گاتا تھا نہیں رہا۔۔۔

دنیا ایک گورکھ دھندہ ہے۔۔۔۔

***

گہرے پانیوں والی آنکھیں!

یتیمی بھی کیسی عجیب سی احساس محرومی ہے، یہ محرومی بھی اپنے آپ میں بہت بڑی ہے، بڑا فرق ہوتا ہے یتیم ہونے میں اور یتیم کر دیئے جانے میں، یتیم ہو جانے میں ایسے ہی ہوتا ہے جیسے کسی کے سر سے اچانک چھت سرک جائے اور سایہ نہ رہے، دھوپ کا کڑا احساس ہونے لگتا ہے، پاوں جلنے لگتے ہیں ایسا لگتا ہے آبلے پڑ گئے ہوں پاوں میں اور ان کی تکلیف روح کو محسوس ہو رہی ہو۔

آہ! بڑی تکلیف ہوتی ہے جب اس احساس محرومی کو بیان کرنا نہ آتا ہو اور کوئی منتخب لفظ ذہن میں نہ آرہا ہو، لیکن یہ احساس محسوس کراتے ہیں کہ، کچھ بکھر رہا ہوتا ہے، ٹوٹ رہا ہوتا ہے، آواز کہیں نہیں سنائی دیتی لیکن شور پوری روح میں مچا ہوتا ہے۔ یہی وہ شخصیات ہوتی ہیں جن سے سایہ زبردستی چھین لیا جائے۔!

مُنے کی آنکھیں یہ سب احساس بول رہی ہیں اور میں ان احساسات کو الفاظ دینے کی کوشش کر رہی ہوں مجھے معلوم ہے یہ بڑا کٹھن کام ہے لیکن وہ آنکھیں مجھے مجبور کر رہی ہے اس محروم کر دینے والے زمانے اور اس سایہ فراہم کرنے والے زمانے کو یکجا کروں فرق بتاؤں جوڑنے اور توڑنے کا۔ توڑنا کتنا آسان ہے، لیکن توڑنے سے روح گھائل ہو جایا کرتی ہیں، اور جوڑنا جسم کا روح سے رشتہ بنا جاتا ہے جس میں زندگی راستے پر چلتی رہتی ہے۔

یتیم خانے بھی ان زندگیوں سے بھرے ہوئے ہیں جہاں ٹوٹے ہوئے لوگ پہنچ

جاتے ہیں اور ساری عمر اپنے آپ کو جوڑنے میں لگ جاتے ہیں، ہائے توڑنے والے کیسا عجیب زخم دیتے ہیں کہ ساری عمر جوڑنے میں گزر جاتی ہے۔ اس یتیم خانے میں منا بھی انھی لوگوں میں سے ہے جس کے پاس کوئی لفظ نہیں ہے لیکن آنکھیں سب بیان کر رہی ہیں۔ منا وہی ہے جو اپنی مرضی سے اس یتیم خانے کی دہلیز کو پار کر کے آیا تھا۔ منا چپ چاپ ان بچوں میں جا بیٹھا اور اس کی یتیم خانے کے بچوں میں رجسٹرڈ ہو گیا۔ وہ کبھی یہ سوال نہیں کرتا کہ اس کے گھر والے کہاں ہیں کیونکہ وہ جانتا ہے اس کے ماں باپ کا سہارا جب قدرت نے چھین لیا تو اس کے باقی گھر والے اس کو بوجھ نہیں اُٹھا سکتے، تو وہ اپنے گھر جہاں اس کے لیے کوئی جگہ نہیں تھی یا پھر اس گھر کے مکینوں کے لیے ہی جگہ نہیں تھی تو وہ کیا خاک رہتا، ننگے پاوں وہ ایک اور شجر کی کی تلاش میں چل پڑا تھا اور اس کی منزل وہ یتیم خانہ تھا جہاں وہ اب رہنے لگا تھا۔

یتیم خانے میں جب کوئی نیا بچہ آتا ہے تو سارے بچے اس کے اردگرد جمع ہو جاتے ہیں شائد یہ ہمیں باہر کی کوئی خبر سنائے جو ان کے کانوں کو اچھی لگے لیکن منا تو اس روز چپ تھا، بس اس کی آنکھیں گہرے پانیوں سے بھری سے تھی۔

یہ سارے یتیم تھے جن کو دنیا کے رشتوں نے اپنانے سے انکار کر دیا تھا، دنیا کا یہ دستور بڑا ہی نرالا ہے کہ وہ بے سہاروں کو سہارا نہیں دیتی اور یہ دنیا مانتی نہیں ہے کیونکہ سچ سے آنکھیں بند کر لینا بھی اس کا دستور پرانا ہے۔ ان یتیموں نے آپس میں ہی رشتے جوڑ لیے ہیں اور وہ ایک دوسرے کا سہارا ہیں کچھ ایسے ہی

منا آ جا کھیل لیتے ہیں، بلو نے آواز دی تو منا اس کے ساتھ چل پڑا اور کھیلنے میں مصروف ہو گیا، منے کی ہنسی کی آواز پورے باغیچے میں سنائی دینے لگی۔ دور کھڑے ہوئے میں سوچنے لگی شائد نئے مسافر نے راستہ اپنا لیا ہے اس نے اپنا سہارا چن لیا ہے۔ گہرے

پانیوں والی آنکھیں آج پہلی بار مسکرا رہی تھیں۔

ان یتیم بچوں کے خواب کوئی بڑے نہیں چھوٹے چھوٹے خوابوں کے ساتھ یہ جی لیتے ہیں۔ اور اپنے ان سہاروں کی قدر کرتے ہیں، اور کچھ اس طرح کرتے ہیں جیسے کسی قیمتی چیز کو باہر کی دنیا سنبھال کر رکھتی ہے۔ سہارے تو وہ اکیلی ذات بناتی ہیں اور ان یتیموں کا سہارا بھی آپس میں ہی اس ذات پاک نے بنا دیا تھا۔ باہر کی دنیا بہت مصروف صیح لیکن جانتی وہ بھی ہے کہ وہ جس کے پیچھے بھاگ رہی ہے وہ سراب ہے اور سراب کے پیچھے بھاگنے سے ہاتھ کچھ نہیں آتا۔ ہماری دنیا میں ہماری تربیت بہت ضروری ہو گئی ہے اور مثبت طریقے سے اس تربیت کو آگے دینا چاہیے۔ جانے ہم جو جمع کرنے میں لگے ہیں وہ ہمیں کیا فائدہ دے گا۔

اور یہ فائدہ بہت ساری آنکھیں جو گہرے پانیوں والی ہیں ان کو مسکراہٹ کا تحفہ دے جائے گی۔ ان کو شجر ملے گے جو بڑے سایہ دار ہوں گے۔

***

چھمن کا فسانہ!

چیزیں قیمتی نہیں ہوتی ان سے جڑا احساس قیمتی ہوتا ہے، جو ان چیزوں کو قیمتی بنا دیتا ہے یہی وجہ ہے بے شمار چیزیں بکتی ہے خریدنے والا اپنے رشتوں کو اپنا ہونے کا احساس دینے کے لیے چیزیں خرید لے جاتا ہے، اور جب وہ چیزیں اپنی مقررہ جگہ پر پہنچ جاتی ہیں تو وہ اپنے ہونے کا احساس منتقل ہو جاتا ہے، رشتوں میں گہرائی بڑھتی جاتی ہے لیکن اس کا مطلب ہرگز یہ نہیں ہے کہ چیزیں رشتوں کی گہرائی کے لیے ضروری ہیں! یہی رشتے انسان کو زندگی میں اہم کردار ادا کرنا سکھاتے ہیں، کیونکہ جہاں حلال و حرام کا کلیہ رشتوں کو معلوم ہوتا ہے وہاں وہ اپنے رشتوں کو حرام سے بڑا بچاتے ہیں اور کامیاب ہو جاتے ہیں، اور جب زندگی بہت آگے بڑھ جاتی ہے تو ان رشتوں کو پھل مل جاتا ہے جب ان کے وہ بیج جن کو انھوں نے حلال کی بنیاد پر بویا تھا وہ درخت بن جاتے ہیں ایسے درخت جو اس تلخ دنیا کا بڑی بہادری سے اکیلے مقابلہ کرتے ہیں اور فخر سے کھڑے ہوتے ہیں، وہ اپنے ضمیر کے سامنے مطمئن ہوتے ہیں جو دنیا کی سب سے بڑی نعمت اور رحمت ہے، ٹھنڈک ہے، سکون ہے وہ الگ ہوتے ہیں دنیا میں اور منفرد رہتے ہیں

چھمن نے بھی تو یہی کیا اپنے آبا و اجداد کے خلاف جاکر اپنے بیٹے کے لیے الگ منصب چن لیا تھا، کہیں کسی پڑھے لکھے کی بات جو کبھی ریڈیو پاکستان پر کسی نے کہی ہو گی!

چھمن کے جو والدین اپنے بچوں کو حلال کھلاتے ہیں ان کے بچوں کی عادات بھی حلال ہو جاتی ہے، وہ اس راستے پر نہیں چل پاتے جو نقصان کا راستہ ہوتا ہے، جو کسی کو

تکلیف دینے کا راستہ ہوتا ہے، جو آہ کا راستہ ہوتا ہے، چھُمن اس وقت پندرہ سال کی تھی، اس کے سارے خاندان والے گداگری کے پیشے سے منسلک تھے، لیکن سارے خاندان میں ہلچل اس وقت مچی جب چھمن نے مانگنے سے انکار کر دیا۔

ارے کیا کہہ رہی ہے کلموہی، تم نہیں مانگو گی تو ہمارا پورا کیسے ہو گا، اماں میں کس واسطے منگا اے چنگانی ہوندا (میں کس لیے مانگو یہ درست نہیں ہوتا) اری یہی تو ہمارا خاندانی کام ہے، میں نی کرنا اماں میں بس نی مانگنا لوکوں کولو، او جیڑا رب ہے نا اماں او مالک ہے اور اوہ ہی رازق ہے، پتہ نی تساں کیوں مانگدے ہوں لوکوں کولوں (پتہ نہیں تم کیوں لوگوں سے مانگتے ہو) اچھا پتر چل نہ مانگ روٹی ٹکر ہی لادے چل۔

چھمن کے ابا مینوں نی لگدا چھمن منگن جاوے گی، ہاں بس میں بھی یہی سوچ رہا ہو ں اس کی شادی کرادوں تاکہ یہ اپنے گھر کی ہو جائے، پھر جو اس کا شوہر کرے گا وہی وہ کر لے، چھمن کی شادی خاندان سے باہر کر دی اس کے والد نے کیونکہ وہ جانتا تھا چھمن بھیک نہیں مانگے گی۔

چھمن انتہائی سادہ لڑکی تھی یہ اس کے سسرال والے جان گئے تھے اور اس سے خو ش بھی تھے، لیکن قسمت کا کھیل یہ تھا کا چھمن کا شوہر جو کماتا تھا اس پر سود ضرور لیتا تھا، یہ بات کوئی نئی نہیں تھی اس لیے گھر میں اس بات کا تذکرہ کم ہوتا تھا، دو سال گزر گئے اور چھمن ایک بیٹے کی ماں بن گئی۔ چھمن بے شک پڑھی لکھی نہیں تھی لیکن اپنے بیٹے کو بہترین انسان بنانا چاہتی ہے اور ہر حرام راستے سے دور رکھنا چاہتی ہے یہ بات چھمن کا شوہر وکیل بھی جانتا تھا، لیکن اس کی تربیت میں حلال اور حرام کا کوئی کلیہ موجود نہیں تھا، وہ خود سود لاتا، اور گھر میں سود چلتا تھا، چھمن سمجھ گئی تھی کہ اس کا شوہر وکیل ایسا کرتا ہے، چھمن نے وکیل سے کہا کہ وہ اپنے بچے کا خیال کرئے اس کے لیے سود نہ

لائے، وکیل بھڑک گیا کہ سود تو سارے تاجر لیتے ہیں بہت سارے لوگ ایسا ہی کرتے ہیں دنیا آج یوں ہی تو چل رہی ہے، آپ سمجھ نہیں رہے دنیا میں ایسے لوگوں کا اضافہ اسی لیے تو ہو رہا ہے کہ حلال و حرام کا فرق مٹنے لگا ہے، خاندان کے خاندان اس مرض میں مبتلا ہے اور ان کے بچے پھر کیسے سچے بنے گے جب ان کی بنیاد حرام پر رکھی جائے گی، اور پھر کھیتی خراب ہو جائے گی درخت بودے ہو جائے گے،

مجھے تمھاری باتوں سے کوئی فرق نہیں پڑتا اور نہ میں ایسے کسی کلیے کو جانتا ہوں! یہ کہہ کر وہ چلا گیا، لیکن چھمن اس کلیے میں مصروف تھی جو اس کے بچے کو بھی ان خوفناک لوگوں کی فہرست میں کھڑا دکھا رہا تھا جس دنیا کی بات اس کے شوہر وکیل نے کی۔

ماں کی ذمہ داری بہت بڑی ہوتی ہے وہ ہی وہ مدرسہ ہوتی ہے جس میں بچے کی بنیاد رکھی جاتی ہے اگر اس کا بچہ بھی، ہائے میرے ربا! رہ رہ کر چھمن کی تکلیف بڑھتی جا رہی تھی، جانے اس ماں کو کیا پڑی تھی اپنے بچے کو حلال اور حرام کے کلیہ سمجھانے کی، ساری رات سوچتی رہی اور اگلی صبح پھر وکیل کے روبرو خدا کا واسطہ ہے اپنے بیٹے کا خیال کرو کل کو وہ بھی لوگوں کو تکلیف دے کر دوسروں کے چولہے سے رزق چھین کر اپنے گھر لایا کرئے گا یہ ظلم ہے اور میں اپنے بیٹے کو ایسے ظلم کی دنیا نہیں سکھا سکتی۔ وکیل بھڑک گیا جو مرضی کرو، دفعہ ہو جاو میرے گھر سے اور اسے بیٹے کو بھی لے جاؤ میں بھی دیکھوں گا تم ایک بھکارن خاندان کی لڑکی کیسے پالے گی حلال کھلا کر اپنے بیٹے کو، چھمن کو احساس تھا کہ وکیل کیا کہہ رہا ہے، وہ تھوڑی دیر کھڑی رہی اور پھر اپنے بیٹے کو اُٹھایا اور اس گھر سے چل دی کے اب اس کو پرورش کرنا ہے اپنے بیٹے کی، عورت کے لیے فیصلے کرنا بڑا مشکل ہوتا ہے لیکن جب بات اولاد کی ہو تو وہ بڑے سے بڑا فیصلہ بڑی آسانی سے کر لیتی ہے چاہے وہ کتنی ہی تکلیف میں کیوں نہ ہو

پورے تیس سال گزر گئے اور چھمن کی محنت اس کا حلال اور حرام کا کلیہ جیت گیا تھا، اس کا بیٹا جس میں ساری خوبیاں موجود تھی، جو اس کی ماں کے مدرسے سے اسے ملی آج وہ کالج کے ہر طالب علم کا پسندیدہ اُستاد بھی ہے اور کالج کا پرنسپل بھی جس کا نام ڈاکٹر عادل وکیل ہے۔ اس کی ماں نے تو صرف ایک بیج بویا تھا آج وہ بہت سارے بیج بو رہا ہے تاکہ اس کی ماں زندہ رہے، جو ایک بھکارن کی اولاد تھی پیپل والی مسجد میں جھاڑو دینے کے دس روپے روزانہ کماتی تھی، باقی دن سلائی کرتی، رات کو اپنے بیٹے کے لیے دعا کرنے والی چھمن اگرچہ زندہ نہیں ہے لیکن شور تو مچایا ہے چھمن نے ایسا شور جس کی آواز اُٹھی ضرور تھی دبی نہیں اور اب بھی پھیلتی جا رہی ہے۔۔۔

***

میں جب احساس کے شہر میں پہنچا تو

یہ جو احساس ہے نا دنیا کا بنایا ہوا اچھوتا گہرا بہترین لفظ ہے احساس ہے تو سب کچھ ہے احساس نہیں تو کچھ بھی نہیں، یہی احساس ہے جو انسان کو دلوں میں رہنے پر مجبور کرتا ہے، درست کہتے ہیں نفسیات دان کے احساس لفظ کی تشریح بہت وقت لیتی ہے۔ اسی طرح احساس کو مان لینا بھی ایک بہت بڑی بات ہے ہم لوگ زندہ ہیں محسوس کرتے ہیں اور چھوٹی چھوٹی چیزیں جو ہماری زندگی سے جوڑی ہوتی ہیں ان کا مقام ہماری زندگی میں بہت زیادہ ہوتا ہے، جیسے کسی لکھاری کے لیے اس کی پہلی تحریر، کسی کی پہلی اجرت، اور جیسے کسی کی ادھوری خواہش جب پوری ہوتی ہے وہ لمحہ انسان کو ہمیشہ یاد رہتا ہے، اور بڑی بات یہ ہے وہ لوگ ان خوشیوں کو سنبھال کر رکھتے ہیں اور زندگی میں بارہا اس کا تذکرہ کر کے خوشی حاصل کرتے ہیں۔

میں بھی آج اسی لیے اس جوتا مارکیٹ میں پہنچا ہوں شاہ زیب کیونکہ میرا بھی احساس جڑا ہی کسی ایسی ہی چھوٹی سی چیز سے تمھیں یاد ہو گا میرے والد نے مجھے جوتے دلوائے تھے ہاں یہ وہی جوتے ہیں جو میرے والد نے بڑی مشکل سے دلوائے تھے کل میں وہ جوتے مرمت کروانے نکلا تھا کہ کسی نے وہ تھیلا ہی اُٹھالیا اب سوچتا ہوں یہاں سے پتہ کروں کہ جوتے چور کہاں جوتے فروخت کرتے ہیں، چلو پھر پوچھ لیتے ہیں کسی سے شاہ نواز، پرانے لوگ بہت ساری پرانی باتیں یاد رکھتے ہیں یہ پھر وہ باتیں نئے لوگوں کے لیے بالکل ہوتی ہیں۔ بزرگو! ذرا آپ بتا سکتے ہیں کہ جوتے چور کہاں اپنے جوتے فروخت کرتے

ہیں ؟

بزرگ نے بڑی غور سے دونوں کی شکل دیکھی اور کچھ لمحے خاموش رہنے کے بعد بتایا کے اس مارکیٹ سے آگے تنگ گلی ہے اس سے آگے ہی ملے گا غفوراچور جو سب جانتا ہے کہ کس چور نے کب مال جمع کرایا۔ بہت شکریہ بزرگو!

یار ایک بات سمجھ نہیں آتی یہ چور جب چوری کرتے ہیں تو صرف چیزیں چوری نہیں کرتے بلکہ احساس چوری کرتے ہیں اور احساس کی چوری بہت تکلیف دیتی ہیں جیسے کہ اب تمہیں ہو رہی ہے، ہاں شاہ زیب تم ٹھیک کہتے ہو یہ احساس کی چوری ہوئی، جو واقعی تکلیف دے رہی ہے، بات کرتے کرتے وہ دونوں تنگ گلی سے باہر آچکے تھے اور اب وہ غفوراچور کو ڈھونڈ رہے تھے، پوچھتے پوچھتے وہ غفوراچور کی دوکان تک پہنچ گئے، دوکان میں ایک چھوٹا بچہ جس کی عمر تقریباً پندرہ سال ہے شاہ نواز نے بچے سے پوچھا کہ غفوراچور کدھر ہے ؟ بچے نے کہا بلاتا ہوں وہ اندر کی طرف گیا اور ایک پکی عمر کے شخص کے ساتھ باہر نکلا یہ رہا استاد غفورا، اسلام علیکم غفورا صاحب میرا نام شاہ نواز ہے اور میں اپنے بوسیدہ جوتوں کی تلاش میں نکلا ہوں مارکیٹ میں ایک بزرگ نے آپ کے بارے میں بتایا تھا کہ آپ جوتے چوروں سے اچھی طرح واقف ہیں۔ ہاں جی ہاں جی اس بستی کا بچہ بچہ مجھے جانتا ہے کہ غفوراچور کتنا کام کا آدمی ہے، خدا پاک کی قسم میں نے تو کبھی چوری نہیں کی بستی کے سارے لوگ جانتے ہیں غفوراچور نہیں ہے۔ شاہ نواز نے شاہ زیب کی طرف دیکھا اور پھر غفوراچور کی طرف۔ لیکن آپ کو غفوراچور کیوں کہا جاتا ہے ؟ شاہ نواز نے پوچھا! غفوراچور اس لیے کہ اس بستی میں پیدا ہوا ہوں یہاں پر سارے چور ہیں ایک دن بچپن میں دوکان سے سودا لینے گیا تو دوکاندار نے مجھے غفوراچور کہہ دیا پھر کیا تھا بستی کے سارے لوگ مجھے غفوراچور غفوراچور کہنے لگے۔ یہ تو بڑی کام کی بات بتائی

آپ نے غفورا صاحب! شاہ نواز صاحب بتائیے کہ میں آپ کی کیا مدد کر سکتا ہوں، جی بالکل مجھے لگتا ہے اس بستی میں آپ ہی ہیں جو میری مدد کر سکتے ہیں! شاہ نواز مسئلہ تو بتا یے۔ میں بتاتا ہوں شاہ زیب نے جلدی میں کہا۔ ہاں چلو آپ ہی بتا دو، شاہ نواز کے والد نے کئی سال پہلے جوتے خرید کے دیئے تھے، جو شاہ نواز کو بہت عزیز تھے۔

کل ان کی مرمت کرانے نکلا تھا کہ ایک چور وہ تھیلا ہی لے ک بھاگ گیا۔ میرے باپ سے میری بہت ساری یادیں جوڑی ہیں اور وہ جوتے بھی انھی میں سے ایک ہے غفورا صاحب اگر آپ میری مدد کریں گے تو میں آپ کو مشکور رہوں گا۔ شاہ نواز نے بھی کہا۔ کیوں نہیں شاہ نواز صاحب ضرور میں مدد کروں گا اب ان جوتوں کا حلیہ بیان کرو، ٹھیک ہے بیان کرتا ہوں، شاہ نواز نے سوچتے ہوئے بتایا۔ دیکھنے میں وہ جوتے بہت بوسیدہ ہیں ایک جوتے کی ایڑی نہیں ہے اور سامنے سے بھی کچھ خراب حالت ہے ان جوتوں کی۔ شاہ نواز لگتا ہے چور نے تھیلے کے دھوکے میں جوتے چوری کر لیے ورنہ تو کوئی چور ایسے جوتے چوری نہ کرے۔ ہاں جی آپ درست کہتے ہیں جناب اسی لیے تو آیا ہوں کہ وہ کسی کے کام نہیں آئے گے سوائے میرے، کیونکہ میرا رشتہ ہے ان جوتوں سے، وہ جوتے مجھے میری اوقات اور میرے باپ کی تکلیف مجھے یاد دلاتے رہتے تھے۔ آج جب بلندیوں تک پہنچا ہوں تو یاد رکھتا ہوں وہ بوسیدہ جوتے میرے مقدر میں تھے، میرا باپ مجھے ان بلندیوں تک دیکھنا چاہتا تھا، اور وہ جوتے پہلی کڑی رہے ہیں میری بلندی کی۔۔۔

آہ، ٹھیک ہے شاہ نواز صاحب آپ رکیے ذرا کل کالا بولتا جا رہا تھا اور کوستا جا رہا تھا کسی امیر آدمی کو شائد آپ کے جوتے اس کے پاس ہوں، تقریباً دس منٹ کے بعد غفورا چور دوبارہ ان کے سامنے تھا اور کالا اور شاپر دونوں بھی، ہاں بھئی کالے ذرا شاپر دکھا دے ان کے جوتے ہیں یہ۔ کالے نے شاپر دکھایا تو وہی بوسیدہ جوتے جن کا حلیہ ابھی کچھ دیر

پہلے شاہ نواز نے بیان کیا تھا سامنے تھے۔ ہاں ہاں یہی ہیں وہ جوتے۔ کالے نے شاپر ہاتھ میں دے دیا، اس کے چہرے پر مایوسی تھی کے یہ جوتے مہنگے نہ تھے جن کو وہ فروخت کر لیتا، وہ جانے لگا تو شاہ نواز نے آواز دی کالے، کالا پلٹ آیا اور پوچھنے لگا کیوں روکا ہے مجھے شاہ نواز نے دس ہزار روپے اس کو تھما دیئے، اور کہا آج اگر یہ جوتے نہ ملتے تو شاید ہمیشہ اسے اس بات کی کمی محسوس ہوتی۔ شاہ نواز نے غفورا چور کا شکریہ ادا کیا، غفورا چور نے کہا صاحب شکریہ تو مجھے آپ کا کرنا چاہیے آج پہلی مرتبہ کسی نے مجھے غفورا چور کے بجائے صرف غفورا کہا تھا، ورنہ ہمیشہ یوں لگتا تھا میں بھی اس بستی میں ایک چور ہوں، حالانکہ میں یہ بات جانتا ہوں کہ اس بستی کے چور صرف جوتا چوری کرتے ہیں۔ وہ زندگی نہیں چھینتے کسی۔۔ شاہ نواز حیرت سے اس کا منہ تک رہا تھا، کیونکہ غفورا چور اتنی بڑی بات کتنی آسانی سے کہہ گیا تھا اس بات کا اندازہ اسے بھی نہیں تھا۔ اچھا غفورا صاحب ہمیں اجازت دیجیے پھر کبھی ضرور چکر لگاؤں گا آپ کی طرف، ضرور شاہ نواز صاحب ضرور آیئے گا، شاہ زیب جو ابھی تک چپ تھا،

کافی دیر چپ رہنے کے بعد بولا یار یہ بھی عجیب رنگ ہے آج مجھے یہاں آکر ے لگا کہ میں احساس کے شہر میں آ پہنچا ہوں۔ میری بھی وہی سوچ ہے جو دنیا کے باقی لوگوں کی تھی۔ عام سی سوچ کا مالک تھا میں بھی، مجھے حیرت ہے میں سوچتا تھا چور انسان نہیں ہوتے محسوس نہیں کرتے، یا پھر وہ زندہ ہیں نہیں ہوتے جو لوگوں کو احساس سے محروم کرتے ہیں۔ ہاں تم درست کہتے ہو شاہ زیب۔ لیکن وہ محروم ہوتے ہیں، جس طرح محروم کرنا تکلیف دیتا ہے اسی طرح محروم ہونا بھی تکلیف دیتا ہے۔

***

پانی کی گڑیا

حمیدہ حمیدہ وہ حمیدہ کی گردان پڑھتے ہوئے جلدی جلدی دروازے سے داخل ہوتی ہوئی سیدھی حمیدہ کے گھر کے صحن میں پہنچ گئی، کیا ہوا شبنم ؟خیریت !تم بڑی جلدی میں آئی ہو، سب ٹھیک ہے نا!ہاں ری حمیدہ سب ٹھیک ہے لیکن تم نے دیکھا وہ اپنی رانیا ہے نا انھوں نے نیا گھر بنوالیا ہے، قسم سے کیا بتاؤں اتنا پیارا گھر بنوالیا ہے ان لوگوں نے !جب اللہ کسی کے دن پھیرتا ہے تو اس کی روشنی ساری دنیا میں پھیل جاتی ہے، ہاں بالکل شبنم تم ٹھیک کہتی ہو، میں نے کل دیکھا تھا جا کے میں تو رانیا کو مبارک باد بھی دے کے آئی تھی، اچھا مجھے ابھی بتا دیا ہوتا تو اکٹھے چلے جاتے اور میں بھی مبارک باد دے آتی، ہاں تو پھر کیا ہوا میں پھر تمھارے ساتھ چل پڑوں گی یہ تو رہا ساتھ والی گلی میں ان کا گھر۔ ٹھیک ہے پھر، لیکن ایک بات ہے رانیا نے جتنی غربت دیکھی اور صبر کیا اللہ نے اس کا اجر دنیا ہی میں دے دیا ہے۔ ہاں بات تو شبنم تمھاری ٹھیک ہے، مجھے یاد ہے جب وہ اس محلے میں شادی کرا کے آئی تھی تو اس کا خاوند صرف ایک درزی تھا پھر کتنی محنت کی دونوں میاں بیوی نے اب دیکھو ایک فیکٹری بنالی اور اس کی بیٹی دیکھی تم نے شبنم اپنی ماں جیسی ہی سمجھ دار ابھی نو سال کی ہی تو ہے لیکن ایمان سے بہت سمجھ دار ہے، شبنم نے بھی اس کی ہا ں میں ہاں ملائی، اچھا حمیدہ اب جاتی ہوں بس تمہیں یہی بتانے آئی تھی، بچے آ گئے ہوں گے سارے سکول سے، تالا دیکھے گے تو پریشان ہو جائیں گے، اچھا ٹھیک ہے جاو۔

رانیا جو تیرا سال پہلے اس سلطانیہ محلے میں بیاہ کر آئی تھی وہ ایک متوسط طبقے سے

تعلق رکھتی تھی، پھر اس کے ماں باپ نے اس کی شادی بھی اپنے جیسے خاندان میں ہی کر دی تھی، قربان علی جو ایک درزی تھا کپڑے سیتا تھا اور کپڑے سی کر ہی روز مرہ کی ضروریات پورا کر لیا کرتا تھا، لیکن اب رانیا کی ذمہ داری بھی اسی پر تھی تو وہ زیادہ کام کرتا تھا تا کے اپنی بیوی کی ذمہ داری بھی پوری کر سکے، اتفاق ایسا ہوا کے رانیا بھی کپڑے سینے میں ماہر تھی اور اپنے میکے میں مشہور تھی اس حوالے سے، لیکن ایک خواہش تھی اس کے دل میں جو وہ کبھی اپنی زبان پر نہ لائی تھی لیکن کبھی وہ خواہش بڑی شدت سے جاگتی تھی لیکن وہ اس خواہش کا گلا دبا دیتی تھی یہ خواہش اس کے بچپن سے ہی اس کے ساتھ بڑی ہو گی تھی لیکن حیران کن بات یہ ہے کہ وہ کبھی اس خواہش کو لفظ نہیں دیتی تھی، (جانے کیا ہو)

ایک دن جب قربان علی گھر آیا تو اس نے قربان علی سے بات کی کے وہ بھی دن میں فارغ ہوتی ہے وہ بھی کپڑے سی لیا کرے گی، قربان علی کہنے لگا رانیا بڑی محنت ہوتی ہے اس میں اور تم گھر کا بھی کام کرتی ہو اور پھر اگر کپڑے سینا تم نے شروع کر دیئے تو تم بیمار ہو جاو گی، نہیں ہوتی میں بیمار اس بہانے مصروف بھی رہوں گی اور آپ کے کام بھی آجاوں گی، چلو جیسے تمھاری مرضی لیکن اپنی صحت سے زیادہ کام نہ کرنا۔ ٹھیک ہے وہ جواب دیتی ہے!

کام کرتے کرتے دونوں میاں بیوی کو پورے تین سال ہو گئے ان تین سالوں میں دونوں نے خوب محنت کی شائد اس کی وجہ سے ان کی دوکان ڈبل ہو گئی تھی اور خوب مشہور ہوتی جاری ہے ان تین سالوں میں ان کے ہاں ایک بیٹی پیدا ہو چکی تھی جس کا نام دونوں نے خوب سوچ بچار کر کے چاندنی رکھ دیا۔ ان کا خاندان مکمل ہو گیا تھا وہ دونوں اپنے رب کے بہت شکر گزار تھے اور رہتے تھے، لیکن اپنی چاندنی کے لیے انھوں نے اور

زیادہ محنت کرنا شروع کر دی وہ چاہتے تھے کے ان کی چاندنی ضرور پڑھ لکھ جائے، وہ اگر پڑھے لکھے نہیں ہیں تو کیا ہے ان کی بیٹی تو ضرور ہو گی، قربان علی ایک اچھا انسان ہے، جو اپنے رشتوں کو بہت احترام کرتا ہے اسی طرح وہ اپنی بیوی کے حقوق بھی اسی طرح خیال رکھتا ہے جیسے اس کی بیوی اس کا خیال رکھتی ہے۔

رانیا اپنی بیٹی کے لیے سکول دیکھنے جانے والی ہے کیوں کہ آج اس کی بیٹی پورے چھ سال کی ہو گئی ہے وہ سوچ رہی تھی حمیدہ یا شبنم کی طرف چلی جائے کیوں کہ ان کے بچے بھی اچھے سکولوں میں پڑھتے ہیں وہ ابھی یہ سوچ رہی تھی کہ حمیدہ اور شبنم دونوں گھر میں داخل ہوئی اور اسلام کرنے کے باد گھر کی مبارک باد دی، خیر مبارک حمیدہ اور شبنم، میں ابھی یہ ہی سوچ رہی تھی کے تم لوگوں کی طرف ہو آؤں، چلو تم دونوں آگئی ہو یہ اور بھی اچھا ہوا ہے۔

کیا بات ہے رانیا، حمیدہ مجھے چاندنی کا داخلہ کرانا ہے کسی اچھے سے سکول سے تم بتاو کون سے سکول میں کرادوں ؟ ارے یہ میری بیٹیاں جس سکول میں پڑھتی ہیں اس میں داخل کرادو! ہاں یہ ٹھیک رہے گا، چلو میری ایک پریشانی تو کم ہو گی، اب کتابیں کاپیاں کل لے آؤں گی چاندنی کے ابو کے ساتھ جا کے! انشاء اللہ۔ ہماری ضرورت پڑے تو رانیا ہمیں بلا لینا ہم بھی تمھارے ساتھ چل پڑے گے، بہت شکریہ آپ لوگ تو ہمیشہ ہمارے کام آتے ہیں، ارے رانیا یہ کیا بات ہوئی تم بھی تو ہمارا ساتھ دیتی ہے، نیکی کا بدلہ نیکی ہی ہوتا ہے اور تمھارے کرم جیسے ہیں ویسا ہی پھل تم پا رہی ہو۔ ارے حمیدہ تم تو بہت تعریف کر رہی ہو حالانکہ تعریف کے قابل تو صرف اللہ پاک کی ذات ہے ہم لوگوں کو وہ نیکی کے قابل سمجھتا ہے تو کرنے کی توفیق دے دیتا ہے بھلا اس میں ہمارا کیا کمال۔!

بات تو ٹھیک ہے تمھاری، اب ہم لوگ جاتے ہیں پھر کبھی چکر لگائے گے۔ ضرور

ضرور آنا! رانیا نے خوشدلی سے جواب دیا۔

رانیا اور قربان علی کی بیٹی اب پورے نو سال کی ہو گئی ہے اور آج وہ اپنی ماں یعنی کے رانیا سے ضد کر رہی ہے کہ اسے بازار جانا ہے جانے سے نے کیا بازار میں دیکھا جو آج وہ اتنا ضد کر رہی تھی امی چلیں نا ابو امی سے کہیے کے مجھے بازار لے کر چلیں اگر آج بازار نہیں گئے تو وہ چیز جو میں نے پسند کی ہے وہ کوئی اور لے جائے، ارے رانیا لے جاو نے ہماری لاڈلی کو کتنے عرصے بعد تو کسی چیز کے لیے ضد کر رہی ہے، ٹھیک ہے جاتی ہوں رانیا نے قربان علی کی طرف خفگی سے دیکھا!

چلو چاندنی بیٹا اب کتنی دیر لگا رہی ہو تم ساری دوکانیں تم نے چھان ماری ہیں اب تک نہیں ملی تمھاری پسندیدہ چیز تو پھر کبھی آ کرے لے لینا۔ نہیں امی مجھے آج ہی لینی ہے کل سکول سے آتے ہوئے ہی تو یہی کہیں کسی دوکان پر دیکھی تھی۔ آپ یہاں اس کرسی پر بیٹھ جاؤ میں وہ سامنے والی دوکان پر دیکھتی ہوں ٹھیک ہے، تھوڑی دیر بعد چاندنی کی خوشی بھری آواز سنائی دیتی ہے، امی جلدی سے آؤ دیکھو مجھے مل گئی ہے، کیا مل گئی ہے؟ وہ بہت عجلت میں اُٹھتی ہے اور چاندنی کے پاس پہنچ جاتی ہے چاندنی اپنی ماں کا ہاتھ پکڑ کر شیشے والی الماری کے سامنے لے جاتی ہے، رانیا جب شیشے کے اندر رکھی ہوئی اس سبز آنکھوں والی گڑیا کو دیکھتی ہے جس کے سنہری بال ہوتے ہیں جس کو ایک کانچ کے شو پیس کے اندر پانی میں رکھا تھا۔ وہ پانی کی گڑیا جس کی خواہش کبھی اس نے بچپن میں کی تھی جو خواہش کبھی پوری نہیں ہوئی جو اس کے ساتھ ساتھ بڑی ہوتی گئی آج اسے اپنی آنکھوں پر یقین نہیں آ رہا یہ وہی ویسی ہی پانی کی گڑیا تھی جس کے بارے میں گڑیا والا کہتا تھا۔!

پانی کی گڑیا نہ چلتی ہے نہ پھرتی
پانی کے گھر میں رہتی ہے

کانچ کے دروازوں سے بنا

اس کا پانی کا گھر

پانی کی گڑیا۔۔۔

یا اللہ یہ ماجرا کیسا ہے جس گڑیا کے بارے میں اس گڑیا والے نے بتایا تھے کہ اس جیسی گڑیا دنیا میں اب نہیں بنائے گا کیوں کہ اس گڑیا کو بنانے والا اس کو بنانے کے بعد چل بسا تھا یہ وہ خاص وجہ تھی اس گڑیا کی جس کی وجہ سے رانیا کے دل سے اس گڑیا کا خیال جاتا ہی نہیں تھا۔ آج اپنی بیٹی کے لیے وہ پانی کی گڑیا خرید کر جا رہی تھی کیوں کہ اس کی بیٹی کی تو یہ دو دن کی خواہش تھی لیکن وہ تو ایک زمانے سے یہ خواہش لیے بیٹھے تھی۔

***

خوشیاں فروخت کرتی ہے وہ

آپ میری بات سن رہے ہیں یا نہیں ! ثمینہ نے کہا، ہاں سن رہا ہوں کیا کہہ رہی ہو تم ؟ یہی کہ ارسلان پہلی مرتبہ پاکستان جارہا ہے تو میں چاہتی ہوں کہ وہ پورا پاکستان دیکھ کر آئے جو اس کا وطن ہے، ہاں ثمینہ تم ٹھیک کہتی ہو، ہے کدھر یہ ہمارا ارسلان اور تیاری مکمل کرلی یا نہیں اس نے، خورشید نے پوچھا۔ ہاں ہاں کرلی ہے میں نے دیکھ لیا ہے اس کا سامان۔ میں دیکھ کے آتی ہوں اب کتنی دیر ہے اسے ڈنر کھالے باقی تیاری پھر بعد میں کرلے، ہاں جاؤ دیکھ آؤ۔

دروازہ کھلا تھا اور ارسلان کمپیوٹر کے سامنے بیٹھا پاکستان کی مشہور جگہوں کو دیکھ رہا تھا اس کی آنکھوں میں عجب سی خوشی تھی ان جگہوں کو دیکھتے ہوئے اس کا بس نہیں چل رہا تھا کہ وہ ابھی پہنچ جائے اور اس سرزمین کو اپنی آنکھوں سے دیکھے، ارسلان باقی بعد میں دیکھ لینا۔ ارے امی آپ کب آئی مجھے معلوم ہی نہیں ہوا، کیسے معلوم ہوتا تم اتنے کھوئے ہوئے تھے ان تصویروں میں،۔ امی ابھی تو میں تصویر کی نظر سے پاکستان کو دیکھ رہا ہوں جب میں اپنی نظر سے دیکھ لوں گا تب سکون ہو گا۔ ہاں بیٹا جی، تم کیمرہ ضرور رکھ لینا اور ہر منظر کی تصویر بنالینا۔ چلو اس بہانے تمھارے ماں باپ بھی اپنے وطن کو دیکھ لیں گے۔۔

ارسلان کی سوچ اپنے ملک کے بارے میں اتنی شاندار اس لیے تھی کیوں کے اس کے ماں باپ اپنے وطن کی قدر جانتے تھے اس لیے انھوں نے ارسلان کو بھی وہی سوچ دی جس کی وجہ سے ارسلان مجبور ہو گیا کے جس وطن کی بات اس کے ماں باپ کرتے ہیں اس کو دیکھے تو آخر کیا چیز ہے اس میں جو میرے ماں باپ کی آنکھوں اس زمین کے لیے اتنا تقدس آجاتا ہے۔

ثمینہ اور خورشید اب پاکستان شفٹ ہونا چاہتے تھے کہ وہ اپنی باقی زندگی اپنے دیس میں گزارنا چاہتے ہیں اور اسی لیے چاہتے تھے کہ ارسلان پاکستان جائے اور اس زمین کو دیکھ کر آئے اور فیصلہ خود کرے اسے لندن رہنا ہے یا پاکستان۔۔۔۔

۳مارچ وہ دن تھا جب اس کا جہاز پاکستان کے ائیر پورٹ پر اتر رہا تھا آج میں پہلی مرتبہ اپنے قدم اس زمیں پر رکھوں گا جانے کیوں ایسا لگ رہا ہے جیسے آج ہی میں آزاد ہوا ہوں اور آزادی کے بعد اپنی سر زمین کو دیکھوں گا۔ جہاز کا دروازہ کھل چکا تھا اور تمام مسافر اتر رہے تھے ارسلان بھی اترنے لگا، اترنے کے بعد وہ کچھ اسی جگہ پر رک گیا اس نے ہوا کو محسوس کیا،

کیا بات ہے آج میں پاکستان میں ہوں یا اللہ تیرا شکر ہے جانے کیوں ہم لوگوں کو پردیسی بن جانا پڑتا ہے اور ایسے پردیسی جو اپنی ہی زمین کے لیے سسکتے رہتے ہیں۔ خوشی اس کے چہرے پر چھلک رہی تھی، ارسلان ائیر پورٹ سے باہر نکلا اور ٹیکسی لے لی، ٹیکسی ڈرائیور جو کے بہت بولتا تھا، نام اس کا خیر دین تھا اور جتنی دیر وہ ٹیکسی میں رہا ارسلان اس کی باتیں توجہ سے سنتا رہا، اس نے پاکستان کی ہر مشکل بڑی روانی سے بیان کر دی تھی

ہزاروں شکوے تھے اس پاکستان سے، اتنی مہنگائی ہو گئی ہے لیڈر بھی اچھے نہیں ہے کچھ ملتا ہی نہیں پاکستان سے، یہ وہ تمام باتیں تھی جو خیر دین نے ارسلان سے کی، ہوٹل تک کا سفر صرف شکایت سننے میں صرف ہوا۔ ارسلان نے خیر دین کے نظریے سے پاکستان دیکھ لیا لیکن ابھی اس کا خود نظریہ رہتا تھا۔ وہ ہوٹل پہنچ گیا ہوٹل بڑا شاندار تھا ضرورت کی ہر چیز میسر تھی وہ اپنے کمرے میں پہنچ گیا سامان رکھا کیمرہ لیا اور باہر آ گیا۔

ارسلان پیدل چل رہا تھا اس نے پاکستان دیکھنا تھا ہر نظریے سے، سامنے چند بچے سکول جا رہے تھے بچوں نے ایک دوسرے کا ہاتھ پکڑا اور پوری سڑک پر لائن بنا کر دوسرے کنارے پر پہنچ گئے، بلکل ان پرندوں کی طرح جو ایک ساتھ بلندی پر اڑتے ہیں، اس نے تصویر بنائی اور آگے چل پڑا، کافی سارے چھابڑی فروش تھے جو سبزیاں اور پھل بیچ رہے تھے، اور بڑی زور زور سے آوازیں لگا رہے تھے، فرق صرف اتنا تھا اپنا اپنا لہجہ تھا، ارسلان نے ان کی تصویریں بنائی اور آگے بڑھ گیا اب وہ پرانے محلوں میں آچکا تھا نام تو معلوم نہیں تھا ان محلوں کا اسے لیکن بہت بوسیدہ گلیاں تھی ان محلوں کی، وہ ایک گلی مڑتا تو دوسری میں پہنچ جاتا یوں چلتے چلتے وہ ایک ایسے گھر کے سامنے رک گیا جس کا دروازہ نہیں تھا۔ اس کے سامنے ایک ٹوکری والی بوڑھی عورت بیٹھی تھی۔

وہ اس کے پاس بیٹھ گیا اور پوچھنے لگا آپ کیا بیچتی ہیں، بوڑھی عورت نے جواب کیا خوب دیا وہ حیران ہو گیا، بوڑھی عورت نے اتنے یقین کے ساتھ کہا کہ:

میں خوشی فروخت کرتی ہوں!

وہ کیسے؟

یہ چوڑیاں جو میں نے رکھی ہیں جب خواتین پہنتی ہیں تو خوش ہوتی ہیں نا۔جی جی بالکل۔۔۔

محلے کے سب گھروں میں دروازے ہیں آپ کے گھر کا دروازہ کیوں نہیں بی اماں۔۔۔! پتر دروازے کی ضرورت تو ان کو ہوتی ہے جو ڈرتے ہیں مجھے ڈر نہیں ہے دروازے کا چکر بڑا پرانا ہے اس لیے یہ پردہ کافی ہے میرے گھر کے لیے۔

آپ کا ان چند پیسوں سے کام چل جاتا ہے؟ کیوں نہیں پتر دو وقت کی روٹی آسانی سے مل جاتی ہے، جب خواہش کم ہوتی ہے تو زندگی بڑی آسان اور مطمئن ہوتی ہے بیٹا مصیبت تو اس وقت ہوتی ہے جب انسان خواہش کو مرکز ہی بنا لے۔

ارسلان وہاں ہی بیٹھا رہا اور اس بوڑھی عورت کو دیکھتا رہا گاہک آتے رہے جاتے رہے، شام ہو گئی لیکن ارسلان وہاں سے نہ اُٹھا وہ اس ٹیکسی چلانے والے اور چوڑیاں بیچنے والی کا مقابلہ کر رہا تھا، اس دیس میں کتنے رنگ ہیں جو پوشیدہ ہیں، بوڑھی عورت اُٹھنے لگی اس نے دیوار کو ٹٹولا اور اپنی چھڑی ڈھونڈ لی اس کے سہارے وہ اپنے گھر میں داخل ہو گئی، ارسلان کو اب معلوم ہوا جس بوڑھی عورت سے وہ بات کر رہا تھا وہ نابینا تھی، جس کا احساس ارسلان کو ہو گیا ہے۔

وہ واپس ہوٹل کی طرف چل پڑا تھا اس نے آج زندگی کا بہترین سبق پڑھ لیا تھا جو پردیس میں رہتے ہوئے وہ کبھی نہ سیکھ سکا۔۔۔ ہوٹل پہنچتے ہی اس نے اپنے ماں باپ کو فون کیا اور بتایا کہ پردیسی بننا بڑا مشکل ہے دیس والے، دیس والے ہی ہوتے ہیں ابو!

خورشید احمد اپنے بیٹے کی باتیں بخوبی جانتا تھا اور اس کی آنکھیں بھیگ رہی تھی ایسے ہی جب وہ اپنا دیس چھوڑ کے پردیس جابسا تھا۔۔۔ فیصلہ ہو گیا تھا لندن پر پاکستان کو فوقیت مل چکی تھی۔۔۔

مٹی کی محبت بھی عجب محبت ہے انسان بھی ماٹی بن جاتا ہے۔۔۔

* * *